LECTURES CLE EN FRANÇAIS FACILE



# Arsène Lupin L'Aiguille creuse

MAURICE LEBLANC

Adapté en français facile
par Sandrine Chein

CLE INTERNATIONAL

**Crédits photographiques :**
Couverture : Toutenphoton / Adobe stock
Page 3 : Costa / Leemage

**Direction éditoriale :** Béatrice Rego
**Édition :** Sylvie Hano
**Couverture :** Fernando San Martin
**Mise en pages :** Isabelle Vacher
**Illustrations :** Conrado Giusti
**Enregistrement :** Vincent Bund


ISBN : 978-209-031778-7

N° de projet : 10302593 - Dépôt légal : juillet 2024
Imprimé en France en juillet 2024 par la Nouvelle Imprimerie Laballery - N° 406537

Maurice Leblanc (1864-1941) est un écrivain français, né en Normandie. Il a écrit de nombreux romans d'aventures et policiers. Mais il est surtout connu pour le personnage d'Arsène Lupin, le gentleman-cambrioleur. Il crée son personnage en 1905 à la suite d'une demande de Pierre Lafitte, le directeur du journal *Je sais tout*. Ce dernier a demandé à Maurice Leblanc d'écrire, pour son journal, un feuilleton (récit en plusieurs épisodes). *L'Arrestation d'Arsène Lupin* connaît aussitôt un grand succès. C'est le premier volume des aventures d'Arsène Lupin. D'autres suivront parmi lesquels : *Arsène Lupin, gentleman cambrioleur* (1907), *Arsène Lupin contre Herlock Sholmès* (1908), *L'Aiguille creuse* (1909), *Les confidences d'Arsène Lupin* (1914), *La demoiselle aux yeux verts* (1927)...

Maurice Leblanc a aussi écrit d'autres romans d'aventures et policiers comme *L'île aux trente cercueils* (1919).

Les histoires d'Arsène Lupin ont été adaptées au cinéma, au théâtre et à la télévision.

Arsène Lupin est un personnage aux multiples identités. C'est un gentleman, un homme élégant, poli, qui a de bonnes manières, mais c'est aussi un voleur. Cependant c'est un héros sympathique.

Dans *L'Aiguille creuse*, Maurice Leblanc emmène le lecteur en Normandie, sa région natale. Et la solution de l'énigme se trouve à Étretat où il possède une maison et où il a longtemps habité. Ce roman plonge aussi le lecteur dans l'histoire de France

Maurice Leblanc met en scène, face à Lupin, un jeune homme, Isidore Beautrelet, qui rappelle le Rouletabille de Gaston Leroux[1].

---

1. Gaston Leroux, *Le Mystère de la chambre jaune*, Lectures CLE en français facile.

Les mots ou expressions suivis d'un astérisque (*) sont expliqués dans le Vocabulaire, page 60.

# 1 CHAPITRE 1

RAYMONDE ÉCOUTE. Elle entend un bruit. Elle se lève et regarde par la fenêtre. Elle entend à nouveau le même bruit. Il vient des salons, juste en dessous de sa chambre. Raymonde a peur. Elle va chercher sa cousine Suzanne dans la chambre d'à côté. Suzanne est réveillée, elle est effrayée[1] par les bruits. Raymonde chuchote[2] :

– Suzanne, c'est Raymonde… tu dors ?

– Non… je ne dors pas. Il est quelle heure ? demande Suzanne.

– Quatre heures.

– Tu entends ? Il y a quelqu'un dans le salon.

– N'aie pas peur Suzanne. Ton père est en bas.

– Il dort à côté. Il est peut-être en danger ?

– Il y a aussi monsieur Daval.

– Sa chambre est trop loin. Il ne peut pas entendre les bruits.

Suzanne regarde par la fenêtre et voit quelqu'un dehors :

– Regarde, Raymonde… Il y a un homme. Là, dans le jardin.

Un homme marche rapidement avec sous le bras un objet grand et lourd. Il passe près de l'ancienne chapelle puis il va vers une petite porte et disparaît. Raymonde et Suzanne se penchent par la fenêtre et elles découvrent une échelle posée contre le mur du château. Un autre homme est en train de descendre à l'échelle. Lui aussi, il a un paquet sous le bras. Lui aussi, il disparaît par la petite porte.

1. Être effrayé : état d'une personne quand elle a très peur.
2. Chuchoter : parler très bas.

Soudain les deux jeunes filles entendent, en dessous d'elles, le bruit d'une bagarre, des meubles déplacés, des voix, puis un cri terrible. Raymonde et Suzanne descendent l'escalier vers le salon, mais elles s'arrêtent tout à coup. Elles sont devant un homme qu'elles ne connaissent pas. L'homme les regarde longuement. Puis, avec beaucoup de calme, il prend sa casquette, range les choses autour de lui, s'approche du balcon, salue les jeunes filles et disparaît.

Suzanne court vers la chambre de son père. Elle ouvre la porte et découvre deux corps par terre. Suzanne est affolée[3], elle se penche vers son père :

– Père !... père !... Qu'est-ce que tu as ?

Le comte de Gesvres répond avec une voix faible :

– Ne t'inquiète pas... Ça va. Et Daval ? Il est vivant ? Le couteau ?...

Raymonde se précipite vers l'autre corps. C'est Jean Daval, l'homme de confiance[4] du comte. Son visage est blanc : il est mort.

Raymonde a toujours été plus courageuse que sa cousine. Elle se relève, elle prend un fusil dans le salon et va sur le balcon. Elle voit un troisième homme tout près de l'ancien monastère[5]. Elle vise[6] et tire un coup de feu*. L'homme tombe.

– Il est mort ! s'exclame l'un des domestiques[7].

– Non, il est encore vivant. Il se relève. Victor, prenez l'escalier et allez jusqu'à la petite porte. Il ne doit pas s'enfuir.

---

3. Être affolé : avoir très peur.
4. Un homme de confiance : une personne sûre.
5. Un monastère : un endroit où vivent des religieux.
6. Viser : regarder avant de tirer avec une arme.
7. Un(e) domestique : un(e) employé(e) de maison.

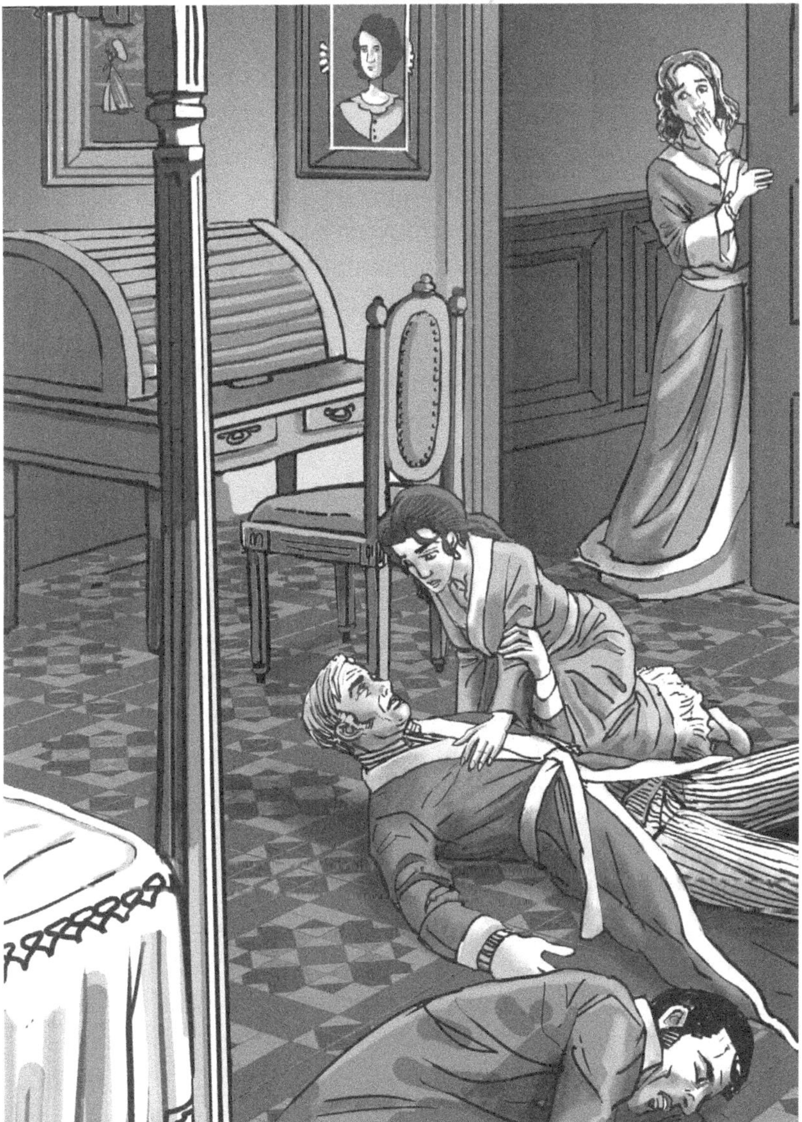

Victor se dépêche. L'homme blessé se lève à nouveau puis retombe. Raymonde demande à l'autre domestique :

– Albert, regardez, il est là-bas, près de l'arcade !

– Oui, je le vois.

– Surveillez-le pendant que Victor garde la porte, dit-elle. Puis elle reprend son fusil et sort du château. Elle se dirige vers les ruines[8] du monastère.

Raymonde fait le tour du monastère à la recherche du blessé. Albert s'inquiète : il ne la voit plus. Il part à sa recherche. Près de l'arcade, il retrouve Raymonde et Victor.

– Où est-il ? demande Albert.

– Il a disparu, répond Victor.

– Par la petite porte ?

– Non, c'est impossible. J'ai la clé avec moi. Oh ! Il est blessé, il ne peut pas aller loin. Il est bientôt à nous.

Raymonde et les domestiques cherchent l'homme. Ils regardent derrière chaque arbre, derrière chaque colonne. Ils vérifient que la chapelle est fermée et que les fenêtres ne sont pas cassées. Ils cherchent dans toutes les ruines d'Ambrumésy, c'est-à-dire autour de la chapelle et près du monastère. Ils ne trouvent rien ou presque : une casquette en cuir jaune. Où est passé l'homme ?

* * *

À six heures du matin, la gendarmerie[9] d'Ouville-la-Rivière arrive au château. Avant, elle a envoyé un message au parquet* de Dieppe au sujet du meurtre*. Elle a indiqué les premiers indices* : la découverte de la casquette et du couteau. La gendarmerie a aussi annoncé que l'arrestation*

---

8. Une ruine : les restes d'un bâtiment.
9. La gendarmerie : la police.

du principal coupable* sera rapide. À dix heures, le juge*, monsieur Filleul, et ses collègues accompagnés de deux journalistes arrivent au château.

Le vieux château appartient au comte de Gesvres. Il y vit avec sa fille Suzanne et avec sa nièce Raymonde de Saint-Véran. Raymonde vit chez son oncle depuis la mort de ses parents deux ans auparavant. Le comte est un homme de grande taille, avec un beau visage sérieux et des cheveux gris. Il est très riche. Il s'occupe de ses propriétés avec son homme de confiance, Jean Daval.

Lorsque le juge Filleul arrive, le brigadier* de gendarmerie, Quevillon, lui rapporte les premiers événements. On n'a pas encore arrêté le coupable mais toutes les sorties sont surveillées. Il ne peut pas s'enfuir.

Le juge, ses collègues et le brigadier montent au premier étage du château. Tout est en ordre, les objets semblent tous à leur place. Les magnifiques tapisseries flamandes sont accrochées au mur, de chaque côté. Au fond, il y a quatre tableaux de Rubens[10]. Le juge note :

– S'il y a eu vol*, ce n'est pas dans ce salon.

– Pourquoi pas ? répond son collègue

– C'est simple, le voleur n'a pas pu transporter ces tapisseries et ces tableaux.

– Ou il n'a pas eu le temps.

Le juge demande alors au comte de Gesvres de raconter les évènements de la veille. Le comte de Gesvre explique :

– Jean Daval m'a réveillé. Il est arrivé dans ma chambre avec une bougie à la main. Il portait encore ses vêtements

---

10. Rubens : c'est un célèbre peintre flamand du XVIIe siècle.

de tous les jours car il travaille souvent très tard. Il semblait inquiet[11]. Il m'a dit à voix basse : « Il y a du bruit dans le salon. C'était exact. Je suis donc allé ouvrir la porte. C'est alors qu'un homme est arrivé par cette autre porte. Il m'a sauté dessus. Tout s'est passé très vite. Et j'ai reçu un coup* de poing au visage. Ensuite, je ne me souviens de rien. Je me suis réveillé et Daval était allongé à côté de moi. Il était mort.

Le juge interroge le comte sur son entourage[12]. Mais le comte dit qu'il n'a pas d'ennemis et que Daval non plus. Le comte de Gesvres ne comprend pas les raisons du meurtre car, selon lui, il n'y pas eu vol. Rien ne manque dans le château.

Le juge s'adresse maintenant aux deux cousines. Suzanne est pâle et elle a du mal à parler. Raymonde est plus déterminée[13]. Elle est aussi plus belle avec ses yeux bruns. Aidée par Albert et Victor, elle raconte les évènements. Le juge demande à Albert :

– Donc, d'après vous, le troisième homme n'a pas pu partir par la gauche, parce que Victor surveillait la porte. Et il n'est pas parti par la droite, puisque vous ne l'avez pas vu traverser le jardin. Il est donc toujours ici sous nos yeux.

– J'en suis certain.

– Vous aussi, mademoiselle ?

– Oui.

– Et moi aussi, dit Victor.

L'affaire s'annonce difficile. On n'a rien volé et on ne trouve pas le coupable.

---

11. Inquiet : qui a peur.
12. L'entourage : les personnes qui sont proches (la famille, les amis, les collègues...).
13. Être déterminé : se dit d'une personne qui sait ce qu'elle veut.

Après le déjeuner, on trouve un papier avec cette phrase écrite à la main :

*« Malheur à la fille si elle a tué* le chef. »*

Le juge rassure le comte et les jeunes filles. Il demande aux journalistes d'être discrets[14]. Il s'approche de l'un d'entre eux. Il souhaite voir sa carte de journaliste. Celui-ci n'en a pas mais il répond avec beaucoup de politesse. Il est jeune, très grand et très mince. Il porte un pantalon trop court et une veste trop petite. Il a un visage de jeune fille, des cheveux courts, une barbe mal coupée et un regard intelligent.

14. Discret : ne pas se faire remarquer, ne pas attirer l'attention.

Le juge le regarde droit dans les yeux et l'interroge sur un ton sévère :

– Votre nom ?

– Isidore Beautrelet.

– Votre profession ?

– Élève au lycée Janson-de-Sailly[15].

– Pardon ? Élève...

– Élève au lycée Janson, rue de la Pompe, numéro...

– Arrêtez de plaisanter. Soyez sérieux ! s'impatiente le juge.

– Vous ne me croyez pas ? C'est à cause de ma barbe ? Regardez, elle est fausse.

Et d'un geste, il enlève sa barbe.

– Qu'est-ce que vous faites ici ? demande monsieur Filleul sur un ton dur.

– Mais... j'apprends.

– Ce n'est pas ici, mais c'est au lycée que vous devez apprendre.

– Nous sommes le 23 avril, monsieur le juge. C'est les vacances de Pâques !

– Et vous êtes content de votre voyage ? demande le juge intrigué[16] par le jeune homme.

– Très ! C'est une affaire passionnante ! Comprendre les évènements et découvrir petit à petit la vérité.

– Ah ! Vous allez peut-être m'apprendre quelque chose parce que moi, je ne sais rien. Savez-vous ce qui a disparu dans ce salon ?

– Je le sais.

– Bravo ! Vous en savez plus que le comte lui-même ! Et le nom du meurtrier ?

---

15. Le lycée Janson de Sailly est un grand lycée parisien.
16. Être intrigué : être étonné.

– Je le connais.

Le juge et ses collègues s'approchent. Monsieur de Gesvres et les deux jeunes filles écoutent le jeune Beautrelet avec attention, étonnés par le jeune homme.

– Vous connaissez le nom du meurtrier ? demande à nouveau le juge.

– Oui.

– Et vous savez où il se trouve ?

– Je le sais.

Soudain, Raymonde de Saint-Véran s'avance et affirme qu'elle a vu la veille Isidore Beautrelet se promener dans le château. Le juge décide de vérifier ces informations. Pour le moment, un brigadier surveille Isidore Beautrelet. En fin de journée, le juge repart à Dieppe.

La nuit arrive. Suzanne et Raymonde avec deux femmes du pays veillent le corps de Jean Daval. Un garde reste à côté d'Isidore Beautrelet qui dort. Dehors, les gendarmes et une douzaine de paysans surveillent les ruines et les murs d'enceinte[17].

À onze heures dix, on entend un coup de feu puis un autre du côté de la ferme. Les brigadiers courent dans tous les sens et, soudain, ils découvrent la grange[18] en feu. Tout le monde se précipite vers la grange. À deux heures du matin, le feu est enfin éteint. Pendant ce temps, l'homme blessé a quitté le château et Isidore Beautrelet s'est échappé.

17. Un mur d'enceinte : un mur qui fait le tour.
18. Une grange : bâtiment où on range les récoltes.

DEUX JOURS PLUS TARD, Isidore Beautrelet est à nouveau près du monastère du château d'Ambrumésy. Il est entré dans le parc un peu avant minuit. Et pendant trois heures, il s'est promené dans les ruines. Il est monté sur les vieilles colonnes. Il a réfléchi... L'inspecteur* Ganimard est arrivé de Paris. Il est venu pour résoudre[19] l'affaire. Il a arrêté Beautrelet sans violence.

Le lendemain matin, à neuf heures, le juge Filleul arrive au château et découvre Isidore. Il s'exclame :

– Monsieur Isidore Beautrelet ! Quelle bonne surprise ! C'est une chance de vous voir ici !

Puis il se tourne vers l'inspecteur Ganimard :

– Monsieur l'inspecteur, je vous présente monsieur Beautrelet, élève au lycée Janson-de-Sailly.

Monsieur Filleul annonce à Isidore qu'il est libre. Le juge a mené son enquête. Raymonde de Saint-Véran s'est trompée, elle n'a pas pu voir Isidore dans le château. Il était à Veules-les-Roses au même moment ! Monsieur Filleul demande à Isidore de le tenir informé du résultat de ses recherches. L'inspecteur Ganimard assiste à l'entretien entre le juge et le jeune homme. Le juge explique :

– Monsieur l'inspecteur, on peut faire confiance à monsieur Beautrelet. Il a une très bonne réputation[20] et on le compare même à Herlock Sholmès[21].

---

19. Résoudre : trouver la solution.
20. Une réputation : le fait d'être connu, être célèbre pour une action positive ou négative.
21. Herlock Sholmès : c'est un détective. Il est l'ennemi d'Arsène Lupin. Son nom est une référence au célèbre détective Sherlock Holmes. Voir *Arsène Lupin contre Herlock Sholmès*, collection Lecture CLE en français facile.

– Vraiment ! répond Ganimard sur un ton moqueur.

– Tout à fait. Monsieur Beautrelet, voici le moment de confirmer votre réputation.

Isidore écoute et sourit. Il répond :

– Monsieur le juge, je ne sais rien. J'ai seulement découvert, comme vous, deux ou trois choses.

– Par exemple ?

– Eh bien, les objets volés. C'est la première chose qui m'a intéressée. Il y a eu vol, c'est certain. Les deux jeunes filles ont vu les deux hommes partir avec des paquets.

– Bien, il y a eu vol.

– Mais rien n'a disparu. Monsieur de Gesvres en est sûr.

– Donc, rien n'a disparu.

– Il y a eu vol et rien n'a disparu. C'est donc qu'on a remplacé l'objet volé par un objet identique. Dans ce salon, il y a deux choses de valeur. D'une part la tapisserie, mais elle n'est pas facile à copier. D'autre part, il y a les quatre tableaux de Rubens.

– Et donc ?

– Les quatre Rubens sont faux.

– Non ! Ce n'est pas possible !

– Ce sont des copies.

Monsieur Filleul et Ganimard se regardent avec surprise. Puis, le juge dit :

– Appelez monsieur de Gesvres.

On fait venir monsieur de Gesvres dans le salon. Le juge prend la parole :

– Monsieur le comte, l'enquête* avance. Nous pensons que les voleurs ont pris vos quatre Rubens. Ils ont remplacé les tableaux par des copies. Pouvez-vous regarder les tableaux et nous dire s'ils sont authentiques[22] ?

---

22. Authentique : vrai.

Le comte semble mal à l'aise. Il ne regarde pas les tableaux et il répond :

– Vous avez raison monsieur le juge, ces quatre tableaux sont faux.

– Vous étiez au courant[23] ?

– Oui.

– Pourquoi vous n'avez rien dit ?

– Je ne voulais pas faire peur aux voleurs. Je souhaitais leur proposer de racheter les tableaux.

Le raisonnement d'Isidore Beautrelet impressionne le juge. Le juge veut maintenant plus d'informations. Il veut connaître l'identité du meurtrier et l'endroit où il se trouve. Isidore répond que le meurtrier de Jean Daval et l'homme blessé sont deux personnes différentes.

– Jean Daval est un complice* de l'homme blessé, explique Isidore. Daval a fait entrer les voleurs dans le château. Mais lorsqu'il voit monsieur de Gesvres, Daval a peur. Il se jette sur lui avec un couteau. Monsieur de Gesvres réussit à attraper le couteau, il frappe Daval avec l'arme*. Quelqu'un donne alors un coup de poing à monsieur de Gesvres qui tombe. Il s'agit certainement de l'homme que les deux filles ont vu dans le couloir.

De nouveau, monsieur Filleul et l'inspecteur se regardent étonnés. Le juge demande au comte si ce récit est exact. D'abord monsieur de Gesvres reste silencieux puis il dit :

– C'est exact. Daval travaille avec moi depuis vingt ans. Il m'a beaucoup aidé. C'est pour cela que je n'ai rien dit. C'est par amour que Daval a volé. Maintenant, il est mort et je pense que cela est suffisant.

---

23. Être au courant : savoir.

Le comte quitte la pièce et les trois hommes se retrouvent seuls. Isidore Beautrelet continue son exposé. Selon lui, l'homme blessé est Arsène Lupin, le roi des cambrioleurs*. « Arsène Lupin est ici, dans le château ! » Ce sont les dernières conclusions de Beautrelet avant son départ. Les vacances sont finies, il doit retourner au lycée.

L'inspecteur Ganimard rentre lui aussi à Paris. Arrivé chez lui, il trouve une note écrite par Isidore Beautrelet. Beautrelet lui donne des informations importantes. Ganimard suit les conseils d'Isidore et le lendemain matin, il va chez Étienne de Vaudreix. Selon Beautrelet, c'est l'identité utilisée par Arsène Lupin depuis un an.

Il n'y a personne chez Vaudreix mais l'inspecteur Ganimard croise le facteur. Le facteur a une lettre pour Vaudreix. Elle vient des États-Unis, d'un Américain, Harlington. Harlington écrit à monsieur de Vaudreix pour confirmer l'achat des quatre tableaux de monsieur de Gesvres ainsi que d'autres objets. Le jour même, Ganimard arrête Harlington au Grand-Hôtel où il est installé. En vingt-quatre heures, un garçon de dix-sept ans a trouvé la réponse à plusieurs problèmes. Mais bien des questions demeurent...

* * *

Plusieurs semaines plus tard, le 6 juin, Isidore prend le premier train en direction d'Ambrumésy. C'est là, dans le train, qu'il reçoit un avertissement[24] écrit :

*« Chacun ses affaires. Occupez-vous des vôtres.*
*Sinon tant pis pour vous. »*

---

24. Un avertissement : un conseil, une recommandation.

Cette menace ne semble pas inquiéter[25] Isidore. À la gare, Isidore lit les titres des journaux. On annonce l'enlèvement de mademoiselle de Saint-Véran. On a trouvé une écharpe avec du sang. Les journalistes pensent à un assassinat*.

À Ambrumésy, Isidore retrouve l'inspecteur Ganimard et le juge Filleul qui lui confirment l'information. Puis le juge Filleul lui montre un vieux morceau de papier, retrouvé près de l'écharpe de mademoiselle de Saint-Véran. Sur le papier, il y a des chiffres, des points et des signes.

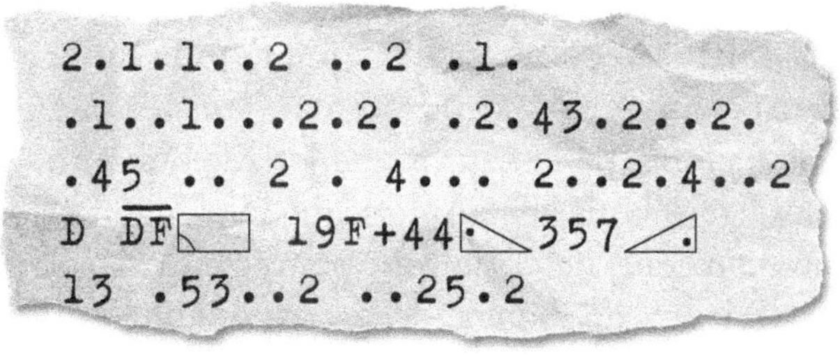


En fin de journée, monsieur Filleul retrouve le jeune Beautrelet dans les ruines du monastère d'Ambrumésy, là où on pense qu'Arsène Lupin se cache.

– Que faites-vous ? demande le juge.

– Je réfléchis.

– Cherchez plutôt des indices, Vous réfléchirez ensuite.

– Moi je procède différemment, et surtout avec un homme comme Lupin ! Je pense qu'il a fait exprès de laisser des indices. Il faut être méfiants. Nous ne devons pas construire des hypothèses sur des erreurs. Lupin a réussi à tromper Sholmès !

---

25. Inquiéter : faire peur.

Le juge veut résoudre l'enquête avant Ganimard qui est toujours à Paris et avant Herlock Sholmès que le comte de Gesvres a contacté. Il résume à Isidore les derniers événements.

– Hier soir, après 11 heures, deux hommes sont entrés dans la chambre de mademoiselle de Saint-Véran et ils l'ont enlevée. Ils ont drogué[26] les chiens. À cinq cents mètres du château, on a trouvé l'écharpe de mademoiselle de Saint-Véran sous un arbre. On n'a pas trouvé le corps. Mon avis est que Lupin est mort. Ses amis ont voulu le venger. Ils ont tué mademoiselle de Saint-Véran. Je me demande où est le cadavre de Lupin.

Isidore écoute monsieur Filleul puis il dit :

– Monsieur le juge, retrouvons-nous lundi matin, ici, à dix heures. J'essaierai de vous donner la solution de l'énigme du papier.

– Vous êtes sérieux, monsieur Beautrelet ?

– À lundi.

Et Beautrelet s'en va.

Monsieur Filleul repart vers Dieppe et Isidore prend la route de Yerville et de Caudebec-en-Caux. Il veut savoir comment les voleurs ont transporté des objets de la taille des quatre Rubens. Il pense que l'équipe d'Arsène Lupin a traversé la Seine avec les tableaux. Il lui faut des preuves. Après bien des recherches, il retrouve un Normand qui a transporté, sur l'autre rive de la Seine, quatre grands paquets mais aussi des grosses pierres. Beautrelet est satisfait de sa découverte.

---

26. Droguer : donner des médicaments à quelqu'un pour le faire dormir.

Comme prévu, le lundi matin, Beautrelet retourne au château d'Ambrumésy. Le comte de Gesvres lui donne une lettre à son nom. Il y a seulement quelques mots :

*« Deuxième avertissement. Ne dis rien. Sinon... »*

Beautrelet retrouve monsieur Filleul dans les ruines. Il lui rappelle que, dans sa lettre, Harlington parle des quatre Rubens et d'autres objets. Ces autres objets sont les pierres et les statues de la chapelle. Arsène Lupin les a volées. Tout ce qui est autour d'eux est faux. Lupin a moulé[27] les pièces avec du plâtre et, pendant son travail, il a découvert une crypte[28] sous la chapelle. Beautrelet et Filleul décident d'explorer la crypte.

– Beautrelet... Il est là..., s'exclame soudain monsieur Filleul.

– Hein ? répond Isidore.

– Voyez la grosse pierre qui est tombée de l'autel[29]. J'ai senti quelque chose dessous. Et vous sentez l'odeur ?

Beautrelet s'approche de l'endroit que lui montre le juge. Il pousse un cri d'horreur.

Il y a, par terre, un corps en décomposition[30]. Ses vêtements sont déchirés. Une grosse pierre a écrasé sa tête. Le visage n'est pas identifiable[31].

Beautrelet et Filleul sortent de la crypte. Le juge félicite Beautrelet et dit :

---

27. Mouler : copier un objet grâce à un moule.
28. Une crypte : une chapelle souterraine.
29. Un autel : une table où on célèbre la messe dans une église.
30. Un corps en décomposition : un corps qui est en train de pourrir.
31. Identifiable : que l'on peut reconnaître facilement.

– Mademoiselle de Saint-Véran a bien tiré un coup de fusil sur Arsène Lupin. Arsène Lupin et Étienne de Vaudreix sont bien la même personne. Regardez, sur les vêtements du cadavre, il y a les lettres E.V. Pour moi, c'est très clair. Et je viens de recevoir une lettre de Dieppe : des pêcheurs ont trouvé ce matin le corps d'une jeune femme. Ils ont pu l'identifier grâce à un bracelet en or. C'est celui de mademoiselle de Saint-Véran. Qu'en pensez-vous, Beautrelet ?

– Rien... Mais tous les faits correspondent à mon hypothèse de départ. Je dois encore vérifier quelque chose. Je pars à Dieppe et je serai de retour vers quatre ou cinq heures. Je vous dirai toute la vérité.

Pendant son voyage, Beautrelet reçoit un troisième avertissement écrit :

*« C'est notre troisième et dernier message. »*

Il comprend que quelqu'un le surveille dans le château.

À son retour au château, Beautrelet explique à monsieur Filleul la signification des points et des chiffres du papier retrouvé à côté de l'écharpe de mademoiselle de Saint-Véran. Les chiffres représentent les voyelles. Beautrelet a facilement trouvé trois mots : « demoiselles » et « aiguille creuse ». Il ne comprend pas encore la signification du message. Maintenant, il s'intéresse surtout à la matière du papier, sa couleur et aux marques de cire[32] rouge. Le greffier*, Brédoux, frappe à la porte et interrompt la conversation. Il prévient le juge que le procureur* l'attend à l'entrée du château. Monsieur Filleul est surpris mais

32. La cire : substance utilisée autrefois pour fermer les lettres.

il sort. Le greffier ferme la porte à clé derrière le juge. Il demande à Beautrelet de lui donner le papier. Il sort un révolver et le dirige vers Isidore. Pour la première fois, Isidore a très peur. Il se sent en danger.

– Le papier, répète Brédoux.

– Le voici, dit Beautrelet. Et il donne son portefeuille à Brédoux.

– Parfait ! C'est bien, tu es sage. Je le dirai aux autres. Adieu.

Brédoux va sauter par la fenêtre mais il vérifie d'abord le contenu du portefeuille. Il est vide. Le papier n'y est pas. Brédoux est furieux. Il se jette sur Beautrelet et sort un couteau. Beautrelet voit l'arme et il sent une douleur dans son épaule. Brédoux prend le document dans la poche intérieure de la veste de Beautrelet et il s'enfuit par la fenêtre.

Le lendemain matin, les journaux racontent les derniers évènements de l'affaire : le vol de la chapelle, le cadavre d'Arsène Lupin et celui de Raymonde, le meurtre de Beautrelet par Brédoux. Ils annoncent aussi la disparition de Ganimard à Paris et d'Herlock Sholmès à Londres.

La bande de Lupin reprend le pouvoir. Sholmès et Ganimard, ont disparu. Beautrelet n'est plus un danger. Il n'y a plus personne pour lutter.

Isidore Beautrelet n'est pas mort. Il est seulement blessé. Monsieur Filleul a raconté aux journalistes les exploits de son jeune conseiller pendant ces trois jours mémorables[33]. Et maintenant chacun donne son avis : spécialistes et techniciens du crime, romanciers, hommes de loi et anciens chefs de la police... Tout le monde reprend les paroles d'un élève du lycée Janson de Sailly. Son nom apparaît en gros sur le *Grand Journal* qui annonce :

*Demain, monsieur Isidore Beautrelet nous révèlera*[34] *la vérité sur l'affaire d'Ambrumésy.*

* * *

Il est dix heures du soir, Isidore Beautrelet a rendez-vous avec Arsène Lupin dans un appartement parisien. Un jeune homme avec des cheveux blonds et une barbe l'accueille :

– Je vous remercie, monsieur Beautrelet. Vous avez accepté de retarder vos révélations.

Beautrelet répond avec politesse.

– Je n'avais pas le choix. Dans votre lettre, vous menacez mon père.

– Moi aussi je n'avais pas le choix, dit Lupin en riant. Je dois vous parler. Mais d'abord, veuillez accepter mes excuses.

– Et pourquoi ?

– Pour le geste de monsieur Brédoux.

---

33. Mémorable : qu'on ne peut pas oublier.
34. Révéler : faire connaître, faire savoir, dire ; faire une révélation.

– Oui, j'ai été surpris. Ce n'est pas le style d'Arsène Lupin, le gentleman[35].

– Brédoux est nouveau dans l'équipe. Il a voulu bien faire. Il a pris seul la décision de vous frapper. J'ai fait des reproches à monsieur Brédoux. Mais je le comprends ! Vous avez avancé très vite dans votre enquête ! Il n'y avait plus de temps à perdre. Vous aviez le papier avec vous.

– Cela m'a évité d'être enlevé comme monsieur Ganimard et monsieur Sholmès ?

– Tout à fait, dit Lupin en riant à nouveau. Je suis vraiment désolé, vous êtes si pâle.

– Donnez-moi une preuve de confiance et j'oublie tout.

Beautrelet est-il sérieux ? Face à cet adolescent, Lupin est différent : il n'a pas son assurance habituelle. Il hésite. Il a l'air de chercher, d'attendre. Mais quoi ?

Soudain on sonne à la porte. Arsène Lupin va ouvrir et il revient avec une lettre. Il la lit et il sourit. On retrouve l'homme sûr de lui. Il pose la lettre sur la table et dit sur un ton sec :

– Maintenant, monsieur Beautrelet, nous sommes ennemis et nous le savons. Nous devons donc traiter l'un avec l'autre en ennemis. Vous devez me faire une promesse[36], sinon c'est la guerre.

Beautrelet semble très surpris.

– Je ne comprends pas. Pourquoi ces menaces ?... Une promesse ?

Arsène Lupin ne veut plus être gêné dans cette affaire. Beautrelet ne doit pas parler au *Grand Journal*. Lorsque Brédoux l'a frappé, Isidore Beautrelet allait tout raconter.

---

35. *Arsène Lupin, gentleman-cambrioleur* est le premier roman de Maurice Leblanc.

36. Une promesse : une obligation de faire quelque chose.

Son article est prêt. Il doit paraître le lendemain. Lupin le sait. Il veut faire promettre à Beautrelet de se taire. Et il crie :

– Il ne paraîtra pas.

Beautrelet résiste. Il affirme :

– Il paraîtra.

Les deux hommes sont maintenant debout, ils sont face à face. Il y a beaucoup de tension. Beautrelet informe Lupin qu'il a déjà envoyé son article au journal. Arsène Lupin est furieux. Il demande à Beautrelet d'aller au *Grand Journal* récupérer son article. Beautrelet refuse. Lupin perd patience et s'exclame :

– Tu vas faire ce que je te dis parce que sinon...

– Parce que sinon ?

– Ton père sera enlevé cette nuit. Il sera enlevé comme Ganimard et Herlock Sholmès.

Beautrelet sourit. Il garde son calme. Il explique qu'il a promis de parler, alors il parlera. Il dira la vérité. Grâce à son article, tout le monde va savoir que Lupin est vivant. Tout le monde va savoir pourquoi il fait croire qu'il est mort. Il ajoute que son père ne sera pas enlevé car il est à l'autre bout de la France, à Cherbourg, dans une maison surveillée par ses amis.

Pendant que Beautrelet parle, Lupin est immobile. Il ne montre aucune émotion. On a l'impression qu'il va se jeter sur Beautrelet et l'étrangler.

Lupin prend alors la lettre sur la table, la tend à Beautrelet. Il dit, très sûr de lui :

– Tiens, bébé, lis.

Isidore lit la lettre. Il comprend qu'Arsène Lupin a enlevé son père. Isidore cherche à cacher ses sentiments, mais l'émotion est trop forte. Il prend son visage entre ses mains et il commence à pleurer.

Lupin s'approche d'Isidore et lui parle avec gentillesse :

– Quand on décide de se battre, il faut accepter avec courage les difficultés. Nous ne sommes pas ennemis. Depuis le début, je te trouve intelligent, sympathique... J'ai même de l'admiration pour toi. Mais ne te bats pas contre moi : la lutte n'est pas égale. J'ai beaucoup de moyens. Ce secret de l'Aiguille creuse, c'est peut-être un trésor formidable, ou un endroit invisible et fantastique... Je t'en prie, abandonne. Je ne veux pas te faire du mal.

Beautrelet est à nouveau calme. Il ne pleure plus. Il réfléchit à sa décision. Puis, il annonce à Arsène Lupin qu'il accepte de modifier l'article, mais à une condition : la libération de son père. Lupin accepte. Si l'article du *Grand Journal* est comme le demande Lupin, le père Beautrelet sera libéré.

Lupin regarde Beautrelet prendre son chapeau et partir et dit à voix basse :

– Pauvre enfant...

Le lendemain matin, le *Grand Journal* publie l'article d'Isidore Beautrelet.

L'affaire d'Ambrumésy

*Je vais vous raconter cette affaire en reprenant l'ordre chronologique. Certains faits sont vérifiés, d'autres s'appuient sur des hypothèses.*

*Tout d'abord une question. Comment Lupin, très gravement blessé, a-t-il survécu quarante jours, seul, sans nourriture, sans soin dans la crypte d'une chapelle ?*

*Tout a commencé, le jeudi 16 avril. À quatre heures du matin, Arsène Lupin est surpris pendant un cambriolage. Il s'enfuit vers les ruines du château. Il est blessé par balle. Il arrive à se cacher dans la chapelle. Il est épuisé*[37]*. Il entend des bruits de pas qui approchent. C'est Raymonde de Saint-Véran.*

*Que s'est-il passé ? Il est facile de deviner la suite de l'histoire. La jeune fille est face à un homme blessé. Et c'est elle qui l'a blessé. Il va bientôt être arrêté. Elle hésite. À ce moment, en quelques phrases, Lupin lui révèle le nom de l'assassin de Jean Daval : c'est son oncle, le comte de Gesvres. Elle le croit. Elle hésite à nouveau. Là où ils sont,*

37. Être épuisé : être très fatigué.

*personne ne peut les voir : ni le domestique Victor près de la petite porte, ni Albert à la fenêtre du salon. Elle décide donc d'aider Lupin et le cache dans la chapelle.*

*Raymonde de Saint-Véran est devenue la complice d'Arsène Lupin. Elle ne peut pas revenir en arrière. Pire, elle doit continuer... Ainsi elle écrit elle-même la lettre avec sa propre menace de mort : « Si la fille a tué le chef, on se vengera. » C'est aussi elle qui m'empêche de mener mon enquête. Elle affirme à monsieur Filleul qu'elle m'a vu la veille du meurtre dans le château. Elle donne de fausses informations, elle modifie des indices... Elle brouille les pistes. Pendant quarante jours, elle s'occupe de Lupin, le nourrit et le soigne.*

*Deuxième question : pourquoi Lupin veut-il faire croire qu'il est mort ?*

*Pendant quarante jours, Lupin voit Raymonde de Saint-Véran, qui est très jolie, tous les jours. Il tombe amoureux d'elle. Mais la jeune fille ne l'aime pas. Elle vient le voir de moins en moins. Le jour où il est guéri, elle ne vient plus. Désespéré*[38]*, Lupin décide de l'enlever, le samedi* 6 *juin, avec l'aide de sa bande. Et pour être tranquille, Lupin fait croire que mademoiselle de Saint-Véran est morte. On retrouve son corps. On l'identifie grâce à son bracelet.*

*Je n'ai jamais cru à la mort de Lupin. J'ai tout de suite compris ce qui s'était passé. La pierre n'était pas tombée par hasard sur la tête du mort. L'objectif était de rendre le cadavre méconnaissable*[39]*.*

*C'est alors que je me suis souvenu d'un article dans le journal* La Vigie *de Dieppe, quelques jours auparavant. Un jeune couple d'Américains en vacances à Envermeu se donne la mort. Mais la nuit même de leur mort, les*

38. Désespéré : qui n'a plus d'espoir, très triste.
39. Méconnaissable : qu'on ne peut pas reconnaître, identifier.

*cadavres disparaissent. Je me suis renseigné sur place. On m'a indiqué que les frères des victimes ont emporté les cadavres. Je suis sûr, en réalité, qu'il ne s'agissait pas des frères mais de la bande d'Arsène Lupin.*

*Arsène Lupin est amoureux mais il veut que cela reste secret. Et pour garder son secret, il est prêt à tout : faire croire à sa mort et à la mort de mademoiselle de Saint-Véran, et pour cela voler deux cadavres. Pour être vraiment tranquille, Lupin décide de se débarrasser de ses trois adversaires : Ganimard, Herlock Sholmès et moi. Il sait que nous sommes capables de découvrir sa ruse*[40]*. Il enlève donc Ganimard et Herlock Sholmès et demande à Brédoux de m'attaquer.*

*Il reste cependant une chose que je n'arrive pas encore à expliquer. Pourquoi Lupin veut absolument reprendre le document de l'Aiguille creuse ? Je connais par cœur les cinq lignes de texte. Le papier comporte-t-il d'autres indices ? Est-ce que la nature du papier est un indice ?*

*Voici tout ce que je sais sur l'affaire d'Ambrumésy. Je m'appuie sur des hypothèses : avec Lupin, il n'y a jamais de preuves. Les preuves qu'on peut avoir sont toujours fabriquées par Lupin et elles mènent dans la mauvaise direction.*

*J'en suis certain, bientôt nous connaîtrons la vérité.*

Malgré les menaces de Lupin, Beautrelet n'a pas pu garder le silence. Tout le monde attendait ses révélations, il ne pouvait pas se taire. Le soir même, les journaux annoncent l'enlèvement de monsieur Beautrelet père.

---

40. Une ruse : un piège pour tromper quelqu'un.

Le jeune Beautrelet est toujours sous le choc. Lupin a enlevé son père. Il pensait qu'il était impossible qu'on enlève son père. Les amis de Cherbourg avaient l'ordre de garder son père. Ils ne devaient jamais le laisser sortir seul. Ils ne devaient pas lui donner de lettre sans l'avoir ouverte. Que s'est-il passé ? Isidore veut comprendre. Il part à Cherbourg.

Dans le train, il lit un article dans le journal du soir. C'est une lettre d'Arsène lupin.

*Monsieur le Directeur,*

*Je n'aime pas parler de moi et je n'aime pas que l'on parle de ma vie privée. Mais parfois, c'est utile.*

*Oui, mademoiselle de Saint-Véran est vivante. Oui, je l'aime. Oui, je suis triste car elle ne m'aime pas. Oui, le jeune Beautrelet a raison.*

*Je voudrais maintenant qu'on respecte ma vie privée. J'ai besoin d'être tranquille. Je veux le bonheur de mademoiselle de Saint-Véran. J'ai besoin de calme. Je viens donc faire la paix. Mais si mes ennemis refusent ma proposition, je serai impitoyable*[41]*.*

*Sachez qu'Harlington est le secrétaire du milliardaire américain Cooley. Cooley a demandé à Harlington d'acheter des objets d'art en Europe. Harlington a ainsi rencontré Étienne de Vaudreix, qui n'est autre que moi-même. J'ai expliqué à Harlington que monsieur de Gesvres voulait vendre quatre Rubens. Mais ce n'était pas vrai. Et j'ai dit*

41. Impitoyable : qui est dur, cruel.

*qu'il y avait une condition : les remplacer par des faux. Sur mes conseils, il a également acheté les pierres et les statues de la chapelle. Monsieur de Gesvres a accepté. Les négociations se sont bien passées. Les Rubens et les pierres de la chapelle sont en sécurité… Monsieur Harlington est en prison. Il n'est pas coupable. Il est une victime du milliardaire Cooley, qui n'a rien dit au moment de son arrestation.*

*Excusez la longueur de ma lettre, mon cher Directeur, et croyez à mes sentiments distingués.*

*Arsène Lupin*

C'est la première fois que Lupin écrit aux journaux. Pourquoi a-t-il envoyé cette lettre ? Pourquoi parle-t-il de son amour pour mademoiselle de Saint-Véran ? Est-ce que c'est une piste ? Est-ce qu'il faut chercher des indices dans les explications concernant Harlington ?

Assis dans le train, Isidore est inquiet, il a l'impression qu'Arsène Lupin a écrit cette lettre pour lui. Encore une fois, il a peur. Il pense à son père, il se demande « Est-ce que je suis capable de lutter contre Arsène Lupin ? Est-ce que Lupin n'a pas déjà gagné ? »

Après quelques heures de sommeil, Beautrelet ne se pose plus de questions. Sur le quai de la gare de Cherbourg, il retrouve Froberval, la personne qui a accueilli son père. Il est accompagné de sa fille Charlotte, qui a une douzaine d'années. Froberval ne comprend pas comment le père Beautrelet a disparu. Il a trouvé, dans la chambre, une photo d'Isidore avec l'inscription *« 3 avril – R. de Val – 3-4 – Lion »*.

Beautrelet observe la photographie et reste silencieux pendant de longues minutes. Puis il interroge Froberval :

– Est-ce qu'il y a, à environ quatre kilomètres, une auberge[42] du *Lion d'Or* ?

– Oui, à quatre kilomètres d'ici, sur la route de Valognes.

– Eh bien, je pense que les amis de Lupin ont attiré[43] mon père dans cette auberge.

– Impossible ! Votre père n'a parlé à personne. Il n'a vu personne.

– Peut-être, mais on lui a montré cette photographie et il a cru que je l'attendais à l'auberge. Mon père est parti à l'auberge et il est tombé dans le piège de la bande à Lupin.

Froberval doit partir maintenant, mais il laisse sa fille avec Beautrelet qui a encore besoin de renseignements. Isidore regarde Charlotte avec beaucoup de douceur mais elle commence à pleurer. C'est elle qui a donné la photographie au père Beautrelet et puis elle l'a aidé à sortir de la maison. Elle se souvient que les amis de Lupin ont parlé de la ville de Châteauroux.

Aussitôt, Isidore Beautrelet prend le train pour aller à Châteauroux. Il discute avec plusieurs personnes et il comprend que son père se trouve dans les environs. Il le cherche pendant quinze jours : il entre dans les fermes, il interroge tout le monde. Il espère trouver la cachette d'Arsène Lupin et libérer son père mais aussi Raymonde de Saint-Véran, Ganimard, Herlock Sholmès et d'autres, beaucoup d'autres. Mais il ne trouve rien.

Il apprend par les journaux que le comte de Gesvres et sa fille ont quitté Ambrumésy pour s'installer près de Nice. Il apprend également que monsieur Harlington est sorti de prison.

---

42. Une auberge : hôtel simple où on peut aussi manger.
43. Attirer : faire venir.

Isidore continue ses recherches dans la région, à La Châtre et à Argenton. Il est prêt à arrêter lorsqu'il reçoit une lettre. C'est une lettre de son père !

*Mon cher Isidore,*

*Je ne sais pas si tu recevras cette lettre...*

*La nuit de mon enlèvement, je n'ai rien vu. J'avais un bandeau sur les yeux. Je suis dans un château, sans doute au centre de la France. Ma chambre est au deuxième étage. Elle a deux fenêtres, entourées par des glycines*[44]*. L'après-midi, je peux sortir dans le parc, mais il y a toujours quelqu'un qui me surveille.*

*J'attache cette lettre à une pierre. Je pourrai peut-être la jeter par-dessus les murs et ensuite un paysan la ramassera peut-être... Ne t'inquiète pas. On s'occupe bien de moi.*

*Ton père qui t'aime et qui est triste de penser au souci qu'il te donne.*

*Beautrelet*

Isidore regarde avec attention l'enveloppe et remarque que le courrier vient du village de Cuzion, dans l'Indre. C'est le département où il cherche son père depuis des semaines ! Aussitôt, il part dans ce village. Là, il rencontre le maire[45] qui lui dit que c'est monsieur Charel qui a trouvé la lettre du père Beautrelet. Il propose à Isidore d'aller chez Charel.

De grands arbres entourent la maison de Charel. Quand ils arrivent dans son jardin, ils trouvent son chien par terre, l'animal est mort. Ils entrent dans la maison et ils découvrent le corps d'un homme sur le sol.

– Charel ! s'exclame le maire... Il est mort !

---

44. Une glycine : une plante avec des fleurs mauves qui pousse sur les murs.

45. Un maire : une personne qui dirige une ville.

Les mains de l'homme sont froides, son visage est très pâle mais son cœur bat encore, d'un rythme faible et lent. Le père Charel semble dormir, mais d'un sommeil artificiel[46]. Il se réveille seulement au milieu de la nuit, mais il ne se souvient de rien. Beautrelet reconnaît les techniques de Lupin ! Lupin a drogué le pauvre Charel.

Quelques jours plus tard, Isidore décide donc de suivre le père Charel. L'homme prend toujours le même chemin pour aller au marché. Le château où est enfermé le père Beautrelet est sans doute sur sa route. Vendredi, jour du marché, le père Charel traverse la place avec sa petite voiture d'artisan. Isidore se cache et l'observe. Le père Charel s'arrête deux fois puis il reprend la route vers Crozant et Éguzon.

Bientôt, Beautrelet remarque qu'il n'est pas seul à suivre le père Charel. Il y a une autre personne entre lui et le père Charel. Tous les trois, ils arrivent ainsi à Crozant. Le père Charel descend vers la rivière et traverse le pont. Le troisième homme ne franchit pas la rivière. Il prend un autre chemin à travers les champs. Beautrelet hésite, puis il se décide. Il suit l'individu.

L'homme entre dans un bois très sombre au-dessus de la rivière puis il réapparaît au bout du chemin. Mais quand Beautrelet sort du bois, il ne le voit plus. Il le cherche quand, soudain, il distingue sur sa droite, un rempart[47] et le toit d'un château. C'est un vieux toit avec, tout en haut, une grande flèche[48].

Bien sûr, son père est prisonnier ici, derrière ces murs. Beautrelet vient de trouver la cachette[49] de Lupin. Isidore ne

---

46. Artificiel : qui n'est pas naturel.
47. Un rempart : un gros mur de pierre.
48. Une flèche : un objet qui a une forme droite et pointue.
49. Une cachette : un endroit où on se cache.

veut pas agir trop vite. Il doit réfléchir à un plan. Il s'éloigne du château. Il croise deux paysannes et il leur demande :

– Quel est le nom de ce château, là-bas derrière les arbres ?

– C'est le château de l'Aiguille.

– Le château de l'Aiguille... Nous sommes bien dans le département[50] de l'Indre ici ?

– Non, l'Indre, c'est de l'autre côté de la rivière... De ce côté, c'est la Creuse.

Le château de l'Aiguille dans le département de la Creuse ! Isidore vient de découvrir le mystère de l'Aiguille creuse !

* * *

Isidore Beautrelet enquête et découvre le nom du propriétaire du château de l'Aiguille. Il s'appelle Louis Valméras. Isidore le rencontre chez lui à Paris. Louis Valméras est un homme d'une trentaine d'années, avec un visage sympathique. Beautrelet lui raconte l'affaire.

– Je pense que mon père est dans le château avec d'autres personnes.

– J'ai loué[51] mon château à un italien, le baron Anfredi. Je n'ai pas beaucoup d'informations sur lui. C'est un homme jeune, avec des cheveux blonds, une barbe.

– C'est lui, je le reconnais ! C'est Arsène Lupin.

– Comme c'est amusant. J'ai lu toutes ses aventures dans les journaux. J'ai aussi suivi l'affaire d'Ambrumésy. Vous êtes vraiment sûr que c'est lui ?

Beautrelet veut sauver son père. Il explique son plan à Valméras. Il va partir seul la nuit, franchir les murs et se cacher dans le parc... Louis Valméras le prévient : il y a

---

50. Un département : une région.
51. Louer : laisser quelqu'un habiter dans une maison contre de l'argent.

deux gros chiens. Et ensuite comment Beautrelet va entrer dans le château ? Les portes sont solides et il y a des grilles aux fenêtres. En plus, une fois à l'intérieur, il y a quatre-vingts chambres, trois escaliers... Valméras connaît la chambre des Glycines où se trouve le père Beautrelet. Il sait qu'Isidore, seul, ne pourra pas la trouver.

Finalement, Beautrelet part au château avec Valméras et deux amis du lycée. Beautrelet demande à ses amis de rester près de l'entrée. Il entrera dans le château avec Valméras.

Valméras et Beautrelet traversent le parc et ils s'approchent du château. Il n'y a pas de lumière aux fenêtres, il n'y a aucun bruit. Valméras attrape le bras de Beautrelet et montre du doigt les chiens et il dit :

– Chut !

– Quoi ? murmure Beautrelet.

– Les chiens... Ils sont là-bas...

Heureusement, les chiens reconnaissent leur maître. Ils n'aboient pas. Beautrelet et Valméras peuvent maintenant entrer dans le château.

– Nous sommes au bout du couloir, explique Valméras. Après, il y a une grande pièce avec des statues et ensuite, un escalier qui conduit à la chambre de votre père.

Les deux hommes marchent sans faire de bruit dans le couloir. Soudain Valméras s'arrête. Un homme surveille l'escalier. Il a une arme. Est-ce qu'il les a vus ? Peut-être.

Beautrelet se cache derrière une plante et il ne bouge plus. Son cœur bat très fort. Isidore est effrayé, il veut s'enfuir[52]. Il découvre alors Valméras en train de ramper[53] dans le noir entre les plantes et les statues. Beautrelet ne sait pas quoi faire. Soudain, une ombre saute sur l'homme avec l'arme. On entend le bruit d'une lutte. Beautrelet se précipite. Il y a un cri et un des adversaires se relève et attrape le bras de Beautrelet. C'est Valméras.

Grâce à Valméras, ils trouvent la chambre des Glycines. La porte est fermée à clé. Il leur faut beaucoup d'efforts pour l'ouvrir. Le père Beautrelet est dans la chambre. Il dort. Isidore le réveille.

---

52. S'enfuir : partir vite.

53. Ramper : avancer lentement le ventre sur le sol, à l'aide de ses bras et de ses jambes.

– Papa, c'est moi, Isidore... Je suis avec un ami. N'aie pas peur...

– Je ne suis pas seul dans le château, lui répond son père.

– Qui est là ? Ganimard ? Sholmès ?

– Non... une jeune fille... Je l'ai vue plusieurs fois dans le parc.

– C'est Raymonde ! Tu sais où est sa chambre ?

– Oui, c'est la troisième chambre à droite.

– La chambre bleue, dit Valméras.

Les trois hommes se dirigent vers la chambre bleue. Ils cassent la porte de la chambre et libèrent mademoiselle de Saint-Véran. Ils descendent l'escalier et ils passent à côté du blessé, toujours sur le sol. Valméras confirme qu'il n'est pas mort. Ils sortent tous les quatre du parc. Beautrelet retrouve ses deux amis à l'entrée du château. À trois heures du matin, ils quittent tous le château.

Le lendemain, Beautrelet revient au château avec les gendarmes et Valméras, mais il n'y a plus personne. Même le blessé a disparu. Et il n'y a aucune trace de la bagarre. Les gendarmes trouvent juste une pièce remplie de bouquets de fleurs avec des cartes signées par Arsène Lupin... Il y a aussi des lettres d'amour, des poèmes, des invitations... La dernière lettre de Lupin se termine par ces mots :

*« Je viens mardi soir, Raymonde. Réfléchissez. Je suis prêt à tout. »*

Mardi soir, c'est le soir où Beautrelet a sauvé mademoiselle de Saint-Véran !

* * *

On fête la libération des prisonniers avec enthousiasme. Maintenant, tout le monde connaît le secret de l'Aiguille. Beautrelet est devenu un héros et Lupin a perdu. Louis Valméras et Raymonde de Saint-Véran sont tombés amoureux. Ils annoncent leur mariage.

Ganimard et Herlock Sholmès sont retrouvés dans les rues de Paris. La vie recommence. Beautrelet reprend ses études.

On organise une grande fête pour Isidore Beautrelet, avec son père et tous ses amis, Louis Valméras, mademoiselle de Saint-Véran. Beautrelet prononce un discours. Il est en train de terminer quand un homme agite un journal à l'autre bout de la salle.

Beautrelet prend le journal et il commence à lire, à voix haute, un article de monsieur Massiban de l'Académie des Inscriptions et Belles-Lettres[54]. Selon monsieur Massiban les origines du mystère de l'Aiguille creuse remontent au XVIIe siècle et au roi Louis XIV. Le château de l'Aiguille creuse est un piège[55] imaginé par le roi. Ceux qui découvrent le château pensent, comme Beautrelet, avoir compris le mystère et arrêtent leurs recherches. Louis XIV a ainsi réussi à protéger son secret jusqu'à aujourd'hui. Ou presque...

Lupin a découvert le mystère de l'Aiguille : un trésor secret gardé par les rois de France. Et pour se débarrasser de Beautrelet, il a utilisé le piège de Louis XIV.

Beautrelet laisse tomber le journal par terre. Il n'arrive plus à lire. Il pleure.

---

54. L'Académie des Inscriptions et Belles-Lettres : institution qui, à l'origine, garde tous les travaux de Louis XIV : discours, lettres...
55. Un piège : un moyen utilisé pour mettre une personne dans une situation difficile.

MAINTENANT ISIDORE RÉFLÉCHIT. Il veut comprendre. Il s'est trompé. Il a mal compris le document. Le mot « aiguille » ne désigne pas le château de l'Aiguille, au bord de la Creuse. Les « demoiselles » ne peuvent pas être Raymonde de Saint-Véran et sa cousine car le document date de plusieurs siècles.

La solution de l'énigme se trouve dans un livre publié sous Louis XIV. Ce livre parle du mystère de l'Aiguille creuse. C'est ce que monsieur Massiban a expliqué. Il reste aujourd'hui un seul exemplaire[56] du livre et une copie de la page avec la solution[57]. Cette page, la reine Marie-Antoinette l'a glissée dans son livre de prières. Beautrelet doit absolument retrouver cette page.

Le livre de prières de la reine est au musée Carnavalet. Beautrelet décide d'y aller aussitôt. À son arrivée au musée, il trouve une foule de journalistes. On prévient le directeur qui mène Isidore Beautrelet devant la vitrine. Isidore est ému au moment d'ouvrir le livre. Il ouvre le livre et cherche le document, mais il ne trouve rien. Soudain, à la fin du livre, il sent quelque chose sous la couverture. C'est une lettre signée de Marie-Antoinette et sous sa signature... deux mots : *Arsène Lupin*. C'est un choc ! Lupin a découvert le secret de l'Aiguille et il a pris le document. Aussitôt, Beautrelet annonce aux journalistes qu'il recherche le *Traité de l'Aiguille*. Peut-être qu'on retrouvera le seul exemplaire du livre ?

---

56. Un exemplaire : une copie, une reproduction.
57. Une solution : une réponse.

Monsieur Massiban de l'Académie répond à Beautrelet. Il est sur une piste. Il est parti dans les environs de Rennes chez les descendants[58] d'un proche du roi. Il propose à Beautrelet de le rejoindre.

Beautrelet est content. Il est sûr de trouver la solution au mystère de l'Aiguille creuse. Mais tout cela lui semble trop facile. Est-ce que ce n'est pas encore un piège de Lupin ?

Beautrelet arrive au château de bonne humeur. Il y retrouve Massiban qui est arrivé dix minutes plus tôt. Le baron de Vélines est un homme de soixante ans qui vit avec sa fille Gabrielle de Villemon. Son mari et un de ses fils sont morts il y a peu de temps dans un accident de voiture.

Le baron accueille les deux visiteurs. Il parle beaucoup, il prend son temps. Les deux hommes s'impatientent. Puis, le baron leur montre, enfin, le livre *Le mystère de l'Aiguille creuse*. Beautrelet l'ouvre. Il tourne les pages rapidement. Il s'arrête lorsqu'il trouve les cinq lignes mystérieuses de points et de chiffres. Un tableau et des explications suivent le document. Beautrelet continue sa lecture puis, il s'arrête au milieu d'une phrase. Il s'exclame :

– Les pages suivantes sont déchirées[59] ! Il manque deux pages ! Les pages avec les réponses ! Regardez !

– Vous avez raison. On a arraché les pages, confirme Massiban.

– Mais qui a pu faire ça ? Monsieur le baron, vous avez peut-être une idée ? demande Beautrelet.

– Nous pouvons demander à ma fille !

---

58. Un descendant : une personne qui vient d'un ancêtre.
59. Déchirer : arracher, couper.

On appelle madame de Villemon. Une femme jeune entre dans la pièce, elle semble triste. Beautrelet l'interroge tout de suite :

– Vous avez trouvé ce livre dans la bibliothèque ?

– Oui, je l'ai trouvé dans une pile de livres. Je l'ai lu hier soir. Il est très intéressant. Il y a des révélations passionnantes.

– Hier soir, ces deux pages manquaient déjà ? Les deux pages qui suivent ce tableau.

– Pas du tout, il ne manquait pas de pages. Le livre est resté dans ma chambre. Je l'ai apporté ici quand monsieur Massiban est arrivé. Je ne comprends pas.

– Est-ce que vous avez lu les deux pages arrachées, madame ? demande Beautrelet.

– Oui, répond Gabrielle de Villemon.

– Pouvez-vous me dire ce qu'elles contiennent ?

– Oh ! C'est simple, l'aiguille creuse veut dire...

Un domestique entre à ce moment dans la pièce. Il donne une lettre à madame de Villemon. Elle l'ouvre et la lit. Elle semble terrorisée[60]. Beautrelet attrape le papier et lit à son tour :

*« Taisez-vous... sinon votre fils ne va pas se réveiller... »*

À ce moment, une autre domestique entre. Elle annonce que Georges, le fils de madame de Villemon, dort, immobile. On n'arrive pas à le réveiller. Il a les mains très froides. La mère court vers la chambre de son fils. Beautrelet, lui, sort une arme de sa poche et tire sur Massiban. Massiban évite le coup de feu. Beautrelet se jette sur lui. Il crie aux domestiques :

– C'est Arsène Lupin ! À l'aide !

---

60. Être terrorisé : être effrayé.

Dans la panique, Massiban attrape le révolver d'Isidore. Il pointe l'arme sur les domestiques et le baron. Ils sont tous effrayés et surpris. Puis Massiban, ou plutôt Lupin, les salue et quitte tranquillement le château.

Beautrelet observe madame de Villemon avec son fils, il comprend qu'elle ne parlera pas. Alors, il quitte le château. Il prend le chemin de la gare. Il entend une voix qui l'appelle.

– Tu pars déjà, bébé ? demande Lupin. Tiens, voilà ton révolver. Oui, mets-le dans ta poche. Je préfère ! Allez, je ne t'en veux pas. Monte ! Lupin siffle pour appeler son chauffeur. Il ressemble à un enfant. Beautrelet rit.

– Ah enfin, tu ris ! Tu es trop sérieux pour ton âge. dit Lupin. Tu veux savoir comment j'ai su que Massiban t'a écrit une lettre ? Ton ami du lycée qui habite avec toi, il parle trop... Ah, voilà que tu as déjà perdu le sourire.

Lupin pousse Isidore à l'intérieur de sa voiture qui vient d'arriver. Et il continue :

– Aujourd'hui, j'ai été incroyable, tu ne trouves pas ? C'est moi qui ai arraché les pages ! Pendant que tu parlais au baron, je déchirais les pages du livre derrière la porte. J'ai donné de l'argent à un employé de maison pour qu'il apporte le mot à madame de Villemon. Elle ne devait pas parler. Et toi, est-ce que tu allais deviner qui j'étais ?

Puis Lupin s'adresse d'un ton sévère à Beautrelet. Il lui demande d'arrêter ses recherches sur l'Aiguille creuse. Il sait qu'Isidore n'arrêtera pas. Mais il ajoute :

– Moi, j'ai découvert le secret en dix jours... Toi, tu y arriveras en dix ans !

* * *

Isidore décide de s'installer dans un hôtel dans le centre de Paris. Il ne sort de sa chambre que pour manger. Il cherche un lien entre tous les évènements. Au bout de treize jours, Beautrelet arrive à la conclusion que tous les évènements ont un point commun : la Normandie[61].

Le premier duc qui connaît le secret de l'Aiguille est Normand. Le drapeau de Guillaume le Conquérant, duc de Normandie, est percé[62] d'une aiguille. C'est à Rouen[63] que Jeanne d'Arc[64], qui connaît le secret de l'Aiguille creuse, meurt. Et à l'origine de cette aventure, il y a le chef d'un village normand qui a révélé le secret à Jules César. Enfin Louis XIV a construit le château de l'Aiguille dans le centre de la France : il voulait éloigner les curieux de la Normandie. Et depuis dix ans, toutes les affaires avec Arsène Lupin se passent dans cette région. Beautrelet est sûr : c'est en Normandie que se trouve le repère de Lupin. C'est là qu'il cache tout son butin[65].

Isidore part pour la Normandie. Un matin, dans une auberge à Honfleur, il remarque un homme qui le regarde avec beaucoup d'attention. L'homme s'approche de lui.

– Bonjour, monsieur Beautrelet, dit-il à voix basse.

– Qui êtes-vous ? Vous m'avez reconnu ?

– C'est que vous êtes si mal déguisé[66] ? dit-il avec un accent étranger.

---

61. La Normandie : région du nord ouest de la France.
62. Percer : faire un trou dans un objet.
63. Rouen : une ville importante de la Normandie.
64. Jeanne d'Arc : guerrière française du XV^e siècle. Elle a combattu les Anglais. Elle est morte brûlée.
65. Le butin : ce que l'on prend à l'ennemi, lors d'un vol.
66. Être déguisé : être habiller de manière à ne pas être reconnu.

– Qui êtes-vous ? répète Beautrelet… Je ne vous connais pas.

– Vraiment ? répond l'homme qui sourit. Je suis Herlock Sholmès !

Isidore est excité.

– Vous êtes ici pour Lupin ?

– Oui, entre Lupin et moi, c'est une lutte à mort. Maintenant, partez, on nous regarde…

Avec beaucoup de patience, Beautrelet continue ses recherches. Il croit en son hypothèse. Il examine souvent le document. Il l'a reproduit et a remplacé les chiffres par des voyelles.

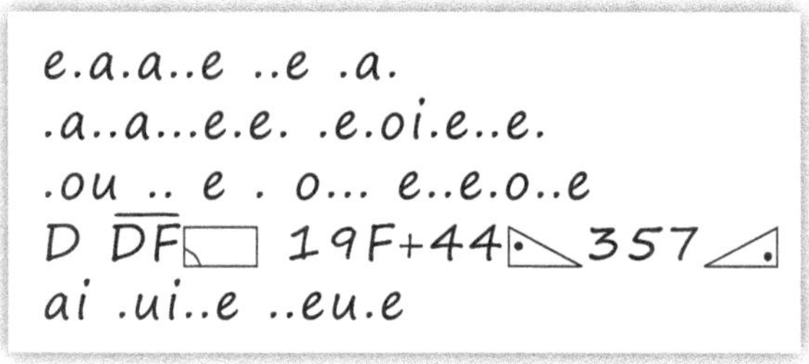
e.a.a..e ..e .a.
.a..a...e.e. .e.oi.e..e.
.ou .. e . o... e..e.o..e
D DF 19F+44 357
ai .ui..e ..eu.e

Il est heureux et se promène dans cette région magnifique. Un jour il arrive au fort de Fréfossé. Une porte bloque son accès. Il continue sa route par un chemin qui le mène à une petite grotte[67]. Il entre, pose son sac et s'assied. Par une ouverture carrée, il voit la tour du fort de Fréfossé. Soudain, il remarque, à ses pieds, deux lettres immenses gravées dans le sol : un D et un F. Deux lettres du document !

Excité par sa découverte, Beautrelet quitte la grotte. Sur le chemin qui longe l'ancien fort, il croise un homme.

67. Une grotte : un trou dans la roche, une caverne,

Il l'interroge.

– Quel est le nom de cette grotte, là-bas ?

– Ici, à Étretat, on l'appelle les Demoiselles, répond l'homme.

Beautrelet est bouleversé. Il retourne vers le fort, quand tout à coup, il s'arrête. Il doit être tout près de la cachette de Lupin. Il a peur d'être vu par Lupin ou ses complices. Il doit rester discret. À plat ventre, il s'avance jusqu'au bord de la falaise. Il admire la vue : il y a un énorme rocher de plus de quatre-vingts mètres de haut. Il est large à la base et il diminue vers le haut. Et soudain, presque au sommet de l'Aiguille d'Étretat, il voit de la fumée qui sort d'une crevasse[68].

68. Une crevasse : une fente étroite et profonde.

# CHAPITRE 6

L'AIGUILLE D'ÉTRETAT EST CREUSE. Est-ce que c'est l'homme ou la nature qui l'a créée ? On ne le sait pas. Cet endroit abrite de nombreux trésors réunis par les rois de France au cours des siècles. Personne n'a trouvé le mystère de l'aiguille creuse. Personne sauf Lupin !

On peut entrer dans l'Aiguille creuse par la mer, mais est-ce qu'il y a une entrée par la terre ? Beautrelet reste sur le bord de la falaise, les yeux fixés sur l'Aiguille. Puis il descend vers *Étretat*. Il choisit l'hôtel le moins cher, dîne, monte dans sa chambre et ouvre le document.

Il complète la première ligne avec « Étretat ». Quel mot vient avant Étretat ? Beautrelet pense à une indication sur l'emplacement de l'Aiguille par rapport au village. L'Aiguille se trouve à gauche, à l'ouest... À la deuxième ligne, il y a les mots *Demoiselles* et *la chambre des*. Beautrelet se souvient de la position du fort de Fréfossé... Bientôt il a reconstitué[69] le document. « *En aval d'Étretat – La chambre des Demoiselles – Sous le fort de Fréfossé – Aiguille creuse.* »

Autrement dit : on part en aval[70] d'Étretat, on entre dans la chambre des Demoiselles, on passe sous le fort de Fréfossé et on arrive à l'Aiguille. Pour trouver l'entrée du passage, il faut utiliser les informations qui se trouvent à la quatrième ligne du document.

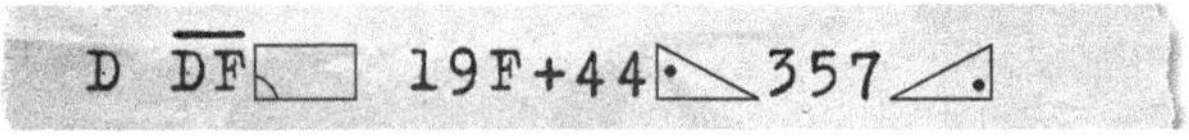


69. Reconstituer : former de nouveau.
70. En aval : en bas ; plus bas qu'Étretat.

Aidé par tous ces éléments, Beautrelet suppose que le souterrain[71] doit partir de la chambre des Demoiselles, passer sous le fort de Fréfossé, descendre les cent mètres de la falaise et, par un tunnel sous les rochers de la mer, arriver à l'Aiguille. Les lettres *D* et *F*, gravées dans le sol, cachent peut-être un mécanisme[72].

Le lendemain, Beautrelet retourne dans la grotte. Il frappe les lettres, il les pousse, il les manipule dans tous les sens, mais elles ne bougent pas. Rapidement, il comprend qu'il n'utilise pas la bonne technique. Les lettres ne cachent aucun mécanisme. Pourtant, il en est sûr, elles veulent dire quelque chose !

Beautrelet cherche, il imagine toutes les significations possibles. Il interprète toutes les indications du document. Il regarde autour de lui et il finit par trouver ! Sur le mur du fort, il découvre une petite croix sculptée. Il tourne la croix, il appuie. Le mur pivote[73]. Devant Isidore, il y a l'entrée du souterrain.

Beautrelet referme aussitôt la porte. Il est heureux mais il a peur d'être vu. Le soir, il écrit une lettre au chef de la police. Il demande de l'aide.

En attendant une réponse, il dort dans la grotte. Le premier soir, il ne se passe rien. Le deuxième soir, la porte s'ouvre et Beautrelet voit cinq hommes sortir. Ils portent des gros colis. Puis, il entend le bruit d'une voiture qui s'éloigne. Quelques minutes plus tard, cinq autres hommes sortent, ils sont eux aussi chargés de paquets. À nouveau, il entend une autre voiture partir. Il rentre se coucher à l'hôtel.

---

71. Un souterrain : un tunnel, un passage qui se fait sous la terre.
72. Un mécanisme : un ensemble d'éléments qui permet le fonctionnement d'une chose.
73. Pivoter : tourner.

Le lendemain matin, il reçoit la visite de Ganimard.

– Enfin ! s'exclame Beautrelet.

– Vous êtes incroyable ! dit Ganimard.

– J'ai eu de la chance.

– Il n'y a pas de chance avec *lui*, répond l'inspecteur qui ne dit jamais le nom de Lupin. Je viens de chez le président de la République et je dois vous prévenir. Nous devons garder secret tout ce que l'on sait sur l'Aiguille.

– Je ne dirai rien.

– Voici le plan. D'abord, vous n'êtes plus Isidore Beautrelet, mais vous êtes un garçon d'Étretat. Vous avez découvert par hasard un souterrain. Vous avez vu des hommes en sortir.

– Très bien.

– Vous allez entrer dans le souterrain et je vous suivrai avec une partie de mes hommes. Nous attaquerons par la côte. Et si Lupin s'enfuit par la mer, l'autre moitié de mes hommes sera là, avec une douzaine de barques, et l'arrêtera.

– Lupin est capable de tout. Il peut s'enfuir même avec vos hommes sur la côte et avec vos bateaux.

– Dans ce cas, je le coule. Il y a un torpilleur[74] qui attend mes ordres.

– Vous avez pensé à tout monsieur Ganimard !

Le lendemain, à dix heures, Beautrelet et Ganimard se retrouvent devant l'entrée du souterrain. Beautrelet actionne le mécanisme secret et l'entrée du souterrain apparaît. Beautrelet, accompagné par Ganimard et ses hommes, descend l'escalier. Il compte les marches, il y en a quarante-cinq. Soudain Ganimard s'arrête.

---

74. Un torpilleur : un bateau de guerre qui lance des explosifs.

– Qu'est-ce qu'il y a ? demande Beautrelet

– Regardez, il y a une porte ! Mais on ne peut pas l'ouvrir, il n'y a pas de serrure.

– Il y a donc un autre moyen pour l'ouvrir.

– Quel moyen ?

– La réponse est dans le document. Regardez la quatrième ligne et regardez la porte. Tournez le clou qui est à l'angle…

– Eh bien, ça ne marche pas, dit Ganimard.

– Réfléchissons ! Il y a 45 marches… Sur le document, c'est le chiffre 44… Placez-vous sur la 44e marche, Ganimard. Et maintenant, je tourne le clou.

La porte s'ouvre. Les hommes découvrent une vaste caverne. Ils continuent leur chemin et prennent l'escalier à l'extrémité de la salle. Isidore compte les marches. À la 358e, ils arrivent dans un couloir avec, à nouveau, une porte en fer et des clous.

– Cette fois, nous savons comment faire, dit Beautrelet. Le document indique 357. Faisons comme tout à l'heure.

La seconde porte s'ouvre. Les deux hommes découvrent un très long tunnel. Au bout du tunnel, le groupe découvre une nouvelle grotte et trois escaliers qui montent.

Ganimard envoie Isidore en éclaireur[75]. Isidore choisit l'escalier du milieu. À la 30e marche, il se retrouve face à une porte en bois. Il la pousse, elle n'est pas fermée. Là, il découvre une immense salle remplie d'objets, de meubles, de chaises… C'est un véritable magasin d'antiquités[76].

Isidore est curieux. Il décide de continuer seul son exploration. Il prend l'escalier qui est en face de lui. Il grimpe encore trente marches. Il trouve une porte puis une salle un peu moins grande. Et toujours en face, un escalier qui monte.

---

75. En éclaireur : il passe le premier. Il va voir ce qu'il y a.
76. Une antiquité : un objet ancien.

Trente marches encore. Une porte. Une salle plus petite... Beautrelet comprend : l'Aiguille est une série de salles, les unes au-dessus des autres et donc, de plus en plus petites. Arrivé à la quatrième salle, il pense à Ganimard qui l'attend toujours dans la première salle. Il est un peu inquiet, mais il continue son ascension.

Trente marches, toujours, puis une porte. Il la pousse doucement. Cette salle est différente des autres. Il y a des tapisseries aux murs, des tapis au sol, deux étagères aux murs, des vitres aux fenêtres.

Au milieu de la pièce, il voit une table avec des fruits, des gâteaux, du champagne et des fleurs. Sur la table, il y a trois assiettes avec le nom des invités sur des cartes. Beautrelet lit le nom sur la première carte : *Arsène Lupin*. Puis à la place en face : *Mme Arsène Lupin*. Enfin, sur la troisième carte, il lit son nom : *Isidore Beautrelet* !

## CHAPITRE 7

– MON CHER BEAUTRELET, vous êtes en retard. Je vous attendais à midi... Vous me reconnaissez ?

C'est un choc pour Beautrelet. Il ne s'attendait pas à ça. La surprise est si grande qu'il commence à avoir peur. Devant lui, il y a Valméras, le propriétaire du château de l'Aiguille. Valméras qui a participé avec lui à la libération de Raymonde de Saint-Véran. Arsène Lupin et Valméras sont la même personne !

– Vous...vous... ! prononce avec difficulté Beautrelet.

– Oui, c'est bien moi, Arsène Lupin !

– Mais alors... Mademoiselle de Saint-Véran...

– ... est madame Arsène Lupin, dit Lupin. C'est grâce à vous Beautrelet que nous nous sommes mariés.

À ce moment, Raymonde de Saint-Véran entre dans la pièce.

Raymonde, Lupin et Beautrelet s'installent à table. Mais Beautrelet n'a pas faim. Il observe Lupin. Est-ce qu'il sait que Ganimard et ses hommes sont ici ? Est-ce qu'il est conscient du danger ? Lupin raconte :

– L'enlèvement de Raymonde, sa disparition, tout était faux... Raymonde et moi, nous nous sommes aimés dès le premier jour. La situation était compliquée. Je devais reprendre ma véritable identité, Louis Valméras, pour épouser Raymonde. J'ai inventé cette histoire d'évasion pour justifier ce mariage. Sans vous, je n'y serai pas arrivé. Vraiment, merci Beautrelet.

Beautrelet n'est pas en colère. Lupin est simplement meilleur que lui. Les deux hommes se serrent la main.

Beautrelet regarde Raymonde. Elle ne parle pas, elle écoute Lupin, elle le regarde avec amour, mais elle semble inquiète. Lupin continue :

– Regarde Beautrelet, la liste des propriétaires de l'Aiguille sur les murs : des noms d'empereurs et de rois, César, Henri IV, Louis XIV... Et à la fin de la liste : Arsène Lupin ! La liste est terminée maintenant. Bientôt on visitera l'Aiguille, grâce à Lupin.

– Il y a du bruit en-dessous, dit Raymonde. Vous entendez ?

– C'est le bruit de l'eau, répond Lupin.

– Non, c'est autre chose.

– Les portes des escaliers sont fermées, confirme Lupin.

Le bruit augmente. Beautrelet pense « C'est Ganimard, il casse les portes. »

– Quel bruit ! On ne s'entend pas ! Montons. Tu veux certainement visiter l'Aiguille, dit Lupin.

Ils traversent la salle des tableaux, la salle des tapisseries, la salle des horloges, la salle des livres. Ils arrivent enfin au sommet de l'Aiguille et à la dernière salle, la salle du Trésor.

– Ici, rien n'est à vendre. C'est le meilleur ! Regarde ces bijoux Beautrelet, ils sont tous authentiques. Voici la merveille des merveilles, la véritable *Joconde*[77] de Vinci.

Les coups se rapprochent. Ganimard doit maintenant se trouver deux ou trois étages en-dessous. Par les fenêtres, on voit les bateaux et le torpilleur se rapprocher de l'Aiguille. Beautrelet demande :

– Et le trésor ?

– Ah ! Petit, c'est ce qui t'intéresse ! Tu veux voir le trésor...

77. La Joconde : célèbre tableau de Léonard de Vinci. On peut le voir au musée du Louvre, à Paris.

Voici le coffre des pierres précieuses[78] ! Beautrelet, tu diras au monde entier que Lupin n'a pas pris une seule pierre. Le trésor ne m'appartient pas. C'est la fortune de la France…

On entend Ganimard et ses hommes courir dans l'escalier La dernière porte tremble sous les coups. Lupin prend le bras de Beautrelet et lui dit :

– L'Aiguille creuse, c'est l'Aventure. Tant que l'Aiguille creuse m'appartient, je reste un aventurier. Si je la perds, je deviendrai honnête, je vivrai en paix avec Raymonde.

Beautrelet attend. Il se demande quel est le plan de Lupin. Lupin attrape une craie rouge et écrit sur le mur :

*Arsène Lupin donne à la France tous les trésors de l'Aiguille creuse, à une seule condition : les trésors seront exposés au musée du Louvre, dans des salles qui s'appelleront « Salles Arsène Lupin ».*

On entend alors un grand bruit : la porte se fend. Lupin se dirige vers un grand tableau de Van der Weyden[79]. Il soulève le côté droit du tableau. Derrière, il y a une petite porte. On entend un coup de feu. Lupin s'arrête.

– Mon vieux Lupin, t'as voulu parler trop longtemps, dit Ganimard.

À travers la fente de la porte, l'inspecteur pointe son arme sur Lupin.

– Beautrelet, crie Ganimard … Tire, ne reste pas comme ça !

Isidore ne bouge pas. Quelque chose semble l'empêcher d'attraper Lupin. Lupin, lui, observe Beautrelet. Il est curieux de voir quelle sera sa réaction. Est-ce qu'Isidore va

---

78. Une pierre précieuse : une pierre rare et de valeur. Les pierres précieuses sont utilisées pour faire des bijoux.
79. Van der Weyden : c'est un grand peintre flamand du XVe siècle.

tirer sur lui ?... La porte se casse. Isidore lève son révolver. Tout va alors très vite. Lupin court, il attrape Beautrelet et le met devant lui, comme un bouclier[80]. Il recule vers le tableau. D'une main, il tient toujours Beautrelet contre lui, de son autre main, il ouvre la petite porte et la referme. Il est sauvé ! Dans l'escalier, Lupin pousse Beautrelet devant lui. Isidore est silencieux et Lupin est bavard.

– Je me demande ce que fait Ganimard. Est-ce qu'il a pris les autres escaliers pour m'arrêter à l'entrée du tunnel ? Est-ce qu'il a laissé des hommes pour m'attendre ? Regarde les bateaux et le torpilleur qui bougent.

Ils arrivent ainsi en bas de l'Aiguille dans une grotte où se trouve un bateau. Raymonde est là et se jette au cou de Lupin !

– J'étais tellement inquiète !... Mais tu n'es pas seul ? dit-elle.

80. Un bouclier : une protection.

Lupin la rassure et fait monter Beautrelet dans le bateau derrière Raymonde. Beautrelet n'essaye même pas de résister, il sait que c'est inutile. Au final, il a de la sympathie pour Lupin.

Ils sont assis tous les trois dans un bateau qui peut aller sous l'eau. C'est Lupin qui l'a construit. La machine se déplace sous la mer. Loin des côtes, elle remonte à la surface de l'eau.

Lupin continue à plaisanter[81]. Isidore observe Raymonde. Elle ne dit rien mais elle semble souffrir de la situation.

– Tais-toi, dit-elle... Nous ne pouvons pas rire... Des malheurs peuvent encore nous arriver.

Ils arrivent dans les environs de Dieppe et de Tréport.

– Nous voici à Port-Lupin, Beautrelet. J'ai acheté cette ferme. Je vais maintenant vivre ici avec ma mère et ma femme. Je suis un nouvel homme, déclare Lupin.

Ils sortent du bateau. Un complice de Lupin l'informe qu'un Anglais était ce matin dans le village. Sa femme, Césarine, l'a vu.

– Je n'aime pas ça. C'est peut-être bien Sholmès... Je me demande si on ne devrait pas repartir, dit Lupin.

Lupin, Raymonde et Beautrelet marchent en direction de la ferme quand ils voient une femme courir vers eux. C'est Césarine. Elle dit :

– Un homme... Il y a un homme dans le salon.

– L'Anglais de ce matin ?

– Oui, mais il n'est pas habillé de la même manière. Il a parlé avec votre mère. Il lui a dit qu'il cherchait Louis Valméras. Il a dit qu'il était votre ami.

– Alors ?

---

81. Plaisanter : s'amuser, faire des blagues.

– Votre mère a répondu que vous étiez en voyage…

– Et il est parti ?...

– Non, il a fait des signes par la fenêtre… Je crois qu'il appelait quelqu'un.

À ce moment, on entend un grand cri. Raymonde, effrayée, murmure :

– C'est ta mère…

Lupin est sur le point de s'enfuir. Puis il change d'avis et il court vers la ferme. Raymonde le suit. Beautrelet, qui est resté caché, voit trois hommes. Deux des hommes tiennent une femme avec des cheveux blancs. Devant eux, le troisième homme avance, il est plus grand. C'est Herlock Sholmès ! Beautrelet le reconnaît.

Lupin et Sholmès se retrouvent face à face. Ils se regardent dans les yeux. Il y a de la haine[82] sur le visage des deux ennemis. Ils ne bougent pas. Il y a un silence de mort.

– Dis à tes hommes de laisser cette femme, demande Lupin calmement.

Sholmès refuse. Lupin met la main sur la poche de sa veste. L'Anglais pointe aussitôt son révolver sur la mère de Lupin.

– Lupin, si tu bouges, je tire.

– Sholmès, encore une fois, laisse cette femme tranquille, répète Lupin.

L'Anglais rit :

– Ça suffit. Je t'ai reconnu. Tu ne t'appelles pas Valméras, tu ne t'appelles pas Lupin. Tu as volé ce nom comme tu en as volé d'autres avant. Cette femme n'est pas ta mère, c'est Victoire. Elle t'a élevé et elle est ta complice.

---

82. La haine ≠ l'amour.

Raymonde est sous le choc. Elle ignorait tout. Sholmès observe la réaction de la jeune femme. Lupin profite de ce moment d'inattention de son adversaire et tire. Sholmès est touché au bras. Vite, Lupin attaque les deux hommes qui accompagnent Sholmès. Sholmès prend son arme avec son autre main et tire sur Lupin.

On entend un bruit de balle, puis un cri... Raymonde s'est mise entre les combattants. Elle met sa main sur sa gorge, puis tombe aux pieds de Lupin. Il se jette sur elle.

– Raymonde !... Raymonde ! Elle est morte...

Pendant un instant, tout le monde est surpris. Sholmès semble perdu. Victoire répète à voix basse :

– Mon petit... Mon petit...

Beautrelet s'avance. Lupin répète : « Morte... morte... » comme s'il ne comprenait pas. La douleur transforme son visage. Soudain, il saute sur Sholmès. Il le saisit à la gorge et l'étrangle[83]. L'Anglais pousse un cri, mais il ne lutte pas.

– Mon petit, mon petit..., continue de répéter Victoire.

Lupin est près du corps de son ennemi, il pleure. Quel triste spectacle ! Beautrelet comprend la douleur de Lupin. Il sait que Lupin aimait vraiment Raymonde. Il sait qu'il était en train de tout sacrifier pour elle.

La nuit tombe. Lupin prend la morte dans ses bras. Il regarde la ferme où il espérait vivre heureux avec Raymonde. Il se tourne vers Victoire et dit :

– Partons Victoire.

– Partons mon petit, répond-elle.

Et avant de disparaître dans la nuit vers la mer, Lupin ajoute :

– Adieu Beautrelet.

---

83. Étrangler : serrer la gorge, le cou.

# VOCABULAIRE

## Les acteurs de la justice

Le **parquet** désigne les juges, les hommes de loi.
Le **procureur** est le chef du parquet.
Le **juge** rassemble les évènements, les preuves pour trouver la solution d'une enquête.
Le **greffier** travaille avec le procureur ou un juge. Il note les éléments importants de l'enquête.
Le **brigadier** est un agent de police qui veille à ce que tout se passe bien.
L'**inspecteur** est agent de police sans uniforme. Il mène des enquêtes.

## L'enquête policière

**Arme :** objet qui sert à tuer ou à blesser.
**Arrestation :** action d'arrêter une personne pour la mettre en prison.
**Assassinat :** tuer quelqu'un volontairement.
**Cambrioleur :** un voleur.
**Complice :** une personne qui participe à un crime, un vol.
**Coupable :** personne qui a commis une faute, une erreur.
**Coup de feu :** lorsque l'on tire avec une arme.
**Couteau :** arme destinée à blesser ou à tuer.
**Disparition :** absence de quelqu'un, de quelque chose.
**Enlèvement :** action d'enlever quelqu'un par la force.
**Enquête :** ensemble des recherches de la police pour trouver la vérité.
**Fusil :** arme à feu.
**Indice :** un signe, une trace.
**Libération :** libérer une personne en prison ou enfermée.

**Meurtre :** action de tuer quelqu'un ; un crime.
**Preuve :** objet ou événement qui montre qu'une chose est vraie.
**Révolver :** arme à feu.
**Soupçons (avoir des) :** penser que quelqu'un n'est pas honnête, a fait des choses interdites.
**Tuer quelqu'un :** faire mourir quelqu'un ; assassiner.
**Vol :** action de prendre quelque chose qui ne vous appartient pas.

# QUESTIONS POUR COMPRENDRE

## Chapitre 1

**Vrai ou faux ?**

**1.** Raymonde et Suzanne sont sœurs.
**2.** Jean Daval, l'homme de confiance du comte est blessé.
**3.** Isidore Beautrelet est très grand et très mince.
**4.** Isidore Beautrelet est élève au lycée Janson de Sailly.

## Chapitre 2

**Donnez le nom de ces personnes.**

**1.** Un inspecteur de police
**2.** Un comte
**3.** Un lycéen journaliste
**4.** Un juge
**5.** Un voleur
**6.** Un Américain
**7.** Deux cousines

## Chapitre 3

**1.** Au début du chapitre avec qui Isidore Beautrelet a rendez-vous ?
**2.** Si Isidore Beautrelet n'obéit pas, que fera Arsène Lupin ?
**3.** Pourquoi Isidore pleure ?
**4.** Qui a écrit l'article dans le *Grand Journal* ?

## Chapitre 4

**Vrai ou faux ?**

**1.** Dans le journal du soir il y a une lettre d'Isidore Beautrelet.
**2.** Arsène Lupin est Étienne de Vaudreix.
**3.** Isidore Beautrelet reçoit une lettre d'Arsène Lupin.
**4.** Le père Beautrelet est enfermé dans le château de l'Aiguille creuse.
**5.** Beautrelet et Valméras délivrent le père Beautrelet et Raymonde de Saint-Véran.
**6.** Lupin est tombé dans le piège de Louis XIV.

## Chapitre 5

**1.** Pourquoi Isidore Beautrelet va au musée ?
**2.** Qui est monsieur Massiban ?
**3.** Pourquoi Beautrelet rend visite au baron de Vélines ?
**4.** Pourquoi Beautrelet tire sur monsieur Massiban ?
**5.** Beautrelet rencontre qui à Honfleur ?

## Chapitre 6

**Retrouvez l'ordre chronologique.**

**1.** Le mur pivote.
**2.** Il frappe les lettres, il les pousse.
**3.** Placez-vous sur la 4^e^ marche.
**4.** Une porte s'ouvre.
**5.** Je tourne le clou.
**6.** Il tourne la croix, il appuie.

## Chapitre 7

**1.** Quel est le trésor ?
**2.** Qui poursuit Lupin dans l'Aiguille d'Étretat ?
**3.** Comment Lupin s'enfuit-il ?
**4.** Qui l'attend quand il arrive chez lui ?
**5.** Qui meurt à la fin de l'histoire ?

## Vocabulaire

**Classez les mots de l'enquête policière dans le tableau.**

un juge – un révolver – un meurtre – un complice – une arrestation – un vol – un inspecteur – un couteau – un cambrioleur – un fusil – une libération – un enlèvement

| Les personnages | Les objets | Les actions |
|---|---|---|
| | | |
| | | |
| | | |
| | | |
| | | |

# Solutions

**Chapitre 1**

1. Faux (Elles sont cousines.) – 2. Faux (Il est mort.) – 3. Vrai – 4. Vrai

**Chapitre 2**

1. L'inspecteur Ganimard – 2. Le comte de Gesvres – 3. Isidore Beautrelet – 4. Monsieur Filleul – 5. Arsène Lupin – 5. Monsieur Harlington – 6. Raymonde de Saint-Véran et Suzanne de Gesvres

**Chapitre 3**

Avec Arsène Lupin – 2. Il enlèvera son père. – 3. Parce qu'Arsène Lupin a enlevé son père et parce qu'il est déçu d'avoir perdu face à Arsène Lupin. – 4. Isidore Beautrelet

**Chapitre 4**

1. Faux (Elle est d'Arsène Lupin.) – 2. Vrai – 3. Faux (Il reçoit une lettre de son père.) – 4. Vrai – 5. Vrai – 6. Faux

**Chapitre 5**

1. Pour consulter la page avec la solution du mystère de l'Aiguille creuse. – 2. Monsieur Massiban est un savant, membre de l'Académie des inscriptions et Belles lettres. – 3. Il veut consulter le Traité de L'Aiguille creuse. – 4. Parce que c'est en fait Arsène Lupin. – 5. Herlock Sholmès

**Chapitre 6**

Phrases 2 – 6 – 1 – 3 – 5 – 4

**Chapitre 7**

1. Un coffre rempli de pierres précieuses – 2. L'inspecteur Ganimard et ses hommes. – 3. Par la mer, dans un bateau qui va sous l'eau. – 4. Herlock Sholmès – 5. Raymonde de Saint-Véran

**Vocabulaire**

| Les personnages | Les objets | Les actions |
|---|---|---|
| un juge | un révolver | un meurtre |
| un complice | un couteau | un vol |
| un inspecteur | un fusil | une arrestation |
| un cambrioleur | | une libération |
| | | un enlèvement |